ISBN 978-0-359-69293-4 (Paperback Edition)

Some characters and events in this book are fictitious. Any similarity to real persons, living or dead, is coincidental and not intended by the author.

Edited by Aidan Burke, Keiver Bencomo Vasquez, Michelle Jolley, Lucero Lara, and Stephanie Santos.

Word clouds created on wordclouds.com

Introducción

1968

dictadores
Argentina
controlar
obedecer
destino otras Presidente
tomadas muchas
hombres sienta
firma remordimiento completo
plumas son hay países dice
cosa
quieren mesa todos grande
nadie Operación
inocente personas
que toma pluma todas gente
deciden podrían nada
político primera
quiere persona grupo empezado
dictador Videla sienten
importantes
importante
introducción

El grupo de gente importante **se sienta**[1] en una mesa grande. Todas las personas son hombres. Los hombres miran la mesa. Hay muchos papeles y dos plumas **encima de**[2] la mesa. Nadie quiere tocar las plumas.

—No hay más personas que no **obedezcan**[3] —Presidente Videla dice al grupo de los hombres.

---

[1] are sitting
[2] on top of
[3] obey

Presidente Videla es el líder político de Argentina, un dictador. Las otras personas son muy importantes en sus **países**[4], también. Todos quieren la misma cosa: poder completo. Quieren controlar a todos. Los dictadores no sienten **remordimiento**[5]. Los dictadores no sienten nada.

Los papeles son muy importantes. Ellos deciden el destino de la gente inocente. Muchas personas **podrían ser tomadas o matadas**[6].

La primera persona **toma**[7] una pluma y **firma**[8] los papeles.

--Operación Cóndor ha empezado.

---

[4] countries
[5] remorse
[6] would be taken or killed
[7] picks up
[8] signs

Capítulo Uno

Primer día, agusto, 1975

El año es 1975. Mi nombre es Yenien. Soy de Buenos Aires, Argentina. Buenos Aires es muy bonita. Vivo en una casa pequeña. Vivo con mi papá. Vivimos una vida tranquila, pero, la semana pasada, mi padre **desapareció**[9]. Ese día, él fue a su trabajo y no volvió.

---

[9] had disappeared

Recientemente, el pueblo está más tranquilo que lo normal. La gente está triste y **asustada**[10]. Las calles están **vacías**[11] y grises. El pueblo está triste. Las casas están tristes. Las calles parecen cansadas. Muchas personas fueron tomadas **sin dejar rastros**[12].

Empezamos a llamarlos los «Desaparecidos».

Muchas personas quieren que sus **parientes**[13] vuelvan. Muchas personas no vuelven. Quiero saber la causa.

---

[10] frightened
[11] empty
[12] without a trace
[13] relatives

Capítulo Dos
Primer día, 8:47 AM

Salgo de mi casa. Tengo que salir de mi casa. Necesito hablar con las otras personas. Quiero saber sobre mi padre. Necesito saber qué pasó.

Lleno mi mochila con comida, agua, y dinero. Quiero volver a mi casa esta noche.

Un paso[14]. Dos pasos. Tres pasos. Miro sobre las calles. Busco a alguien. No veo a nadie. Tomo más pasos. Paso por las calles. Ahora, es mediodía.

—¡Rápidamente! —Un chico me toma de la mano y me encuentro en una calle pequeña.

—¿Qué...? —Miro sobre la calle pequeña. Veo puertas pequeñas. Veo al chico.

De pronto, un grupo de hombres con unos uniformes pasan por la **próxima**[15] calle .

—Ese grupo trabaja para el dictador de Argentina, Presidente Videla —el chico me dice, nervioso— **Che**[16], me llamo Aquiliano. Busco a mi hermano. Hace dos días, él salió de la casa.

Rápidamente, le digo mi historia. —Quiero encontrarlo. ¿Adónde vamos? Creo que debemos preguntar a alguien.

—¡**Por supuesto**[17]! ¡Vámonos! —Aquiliano empieza a andar hacia el norte.

---

[14] one step
[15] next
[16] hey
[17] of course

Con emoción, pasamos por las calles para encontrar a alguien. Ahora somos amigos. Queremos nuestras respuestas.

Capítulo Tres

Primer día, 2:53 PM

Después de andar por las calles por dos horas, vemos a otro grupo de hombres.

—Debemos seguir ese grupo —Aquiliano dice. Él está emocionado.

—No, no quiero llegar a ser uno de «los Desaparecidos.» Por favor, debemos ir hacia el norte… —le digo.

Aquiliano corre al grupo antes de que yo termine de hablar. Espero que no puedan verlo.

—¿Por que…? No creo que voya a poder volver a mi casa esta noche. Aquiliano anda cerca del grupo, pero los hombres no lo ven. **Espero**[18] y espero.

Él escucha a los hombres y está muy emocionado. Rápidamente, vuelve a mi lado.

—Oye, escuché que ellos van al centro de Buenos Aires. Debemos ir, también —me dice.

No sé qué hacer. Quiero encontrar a mi padre. No quiero perder mi manera de vida. No quiero ir con este chico.

—Vale —le digo.— Mi tía vive en el centro de la ciudad. Empezamos en su casa. Quiero empezar esta aventura. Quiero una vida normal.

Andamos. Y andamos. Y andamos.

—¿Yenien, ¿dónde está la casa de tu tía? —Aquiliano pregunta.

—En alguna parte de la ciudad. —Él **se para**[19].

—¿Qué? ¿No sabes?

—Ocasionalmente la visito. Pero no sé exactamente dónde está su casa.

---

[18] I wait
[19] he stops

—¿Por qué estamos aquí…? —Aquiliano parece cansado.

—¡Ssh! Necesito recordar… Lo siento, la vamos a encontrar.

Andamos y andamos. —¡Yo conozco esa calle! —Corro por la calle. Veo una casa amarilla. —Esa casa. La casa de mi tía.

Aquiliano anda a la puerta y se sienta. —Pues, llama a tu tía.

Capítulo Cuatro

Segundo día, 9:12 AM

manifestaciones habla alumbra corremos cocina abrió ciudad toma vámonos azul hola pasada mío sol adónde Yenien salir Aquiliano cuatro luz mira permitirte del busco plaza tía despierto centro silla vivimos amigo Buenos casa personas semana sonido él puerta dormir noche color capítulo cosas mis que padre llena salió cuarto vivo Aires siento hay cerca aquí ventanas ayer pequeño vas necesitamos gracias oigo hermano acogió cómo segundo permitirme puedes mañana comida supuesto arreglo rápidamente desapareció

Despierto cuando la luz del sol **alumbra**[20] las **ventanas**[21]. Me despierto en un cuarto pequeño. Es azul. La casa está llena de color. Oigo un sonido desde la cocina:

---

[20] lights up
[21] windows

—...vivo con mi hermano. Vivimos fuera de Buenos Aires, pero cerca de la ciudad. Gracias por permitirme dormir aquí. —Habla Aquiliano.

—Por supuesto, un amigo de Yenien es un amigo mío. ¿Adónde vas? Ah, Yenien. Buenos días.

Ayer por la noche, mi tía abrió su puerta y nos **acogió**[22] en la casa.

—Hola. Necesitamos ir al centro de Buenos Aires. —Me siento en una silla.

—No.

—¿Cómo? ¿Por qué no?

—Porque, te digo que «no.»

—Tenemos que ir. Mi padre, tu hermano, salió la semana pasada y desapareció.

—No puedo permitirte salir... Las personas cerca de aquí dicen que hay manifestaciones en la Plaza de Mayo. Mañana. —Mi tía dice.— Puedes dormir aquí mientras esperamos a tu padre.

Rápidamente, me arreglo y como la comida. Busco a Aquiliano. Él me mira. Mi tía está en el otro cuarto.

---

[22] welcomed

Aquiliano toma sus cosas y mis cosas. Él se para por la puerta.

—¿Pues? Vámonos.

Corremos por la puerta. Vamos a ir a la Plaza.

Capítulo Cinco

Segundo día, 12:28 PM

No vemos la casa porque estamos lejos.

—¡Pará!

Aquiliano **se para**[23].

—¿Qué?

—¿Adónde vamos? Porque yo no sé. —Busco los letreros de las calles. ¿Dónde está la Plaza de Mayo?

---

[23] he stops

—Pues, encontramos a alguien. Le preguntamos.

—Entonces, Aquiliano **se acerca**[24] a un hombre cerca de una tienda.

—¡Bueno! ¿Dónde está la Plaza de Mayo?

—Estoy nerviosa mientras Aquiliano pregunta al hombre. Yo estoy muy nerviosa. ¿Que tal si alguien nos **secuestra**[25] a nosotros, también? ¿Si yo nunca vuelvo a mi casa?

El hombre mira a Aquiliano. —Este día es peligroso. Esta ciudad es peligrosa. Pero la Plaza de Mayo está cerca del mar. Está al **este**[26].

Aquiliano empieza a salir y dobla al este.

—Gracias señor, —y a mí— Vámonos. Rápidamente. ¿Estoy confusa? —¿Por qué…? —Otra vez, Aquiliano toma mi mano. Él empieza a correr por la calle.

—¡Pará!

—No, ví otro grupo de soldados. ¡Rápidamente, porfa!

Corremos por las calles hasta llegar frente a otra tienda.

---

[24] walks up to
[25] kidnaps us
[26] east

—Aquiliano, anda normal, por favor. Quiero que las personas piensen que vivimos aquí cerca. Y tenemos que andar más.

—Pero la manifestación es mañana. —Él me mira—. Tenemos tiempo hasta que empiece la manifestación. Podemos esperar —Aquiliano **razona**[27] conmigo.

Estoy de acuerdo[28] con él. Debemos andar lentamente. Debemos preparar.

---

[27] reasons

[28] I agree

Capítulo Seis

Segundo día, 6:09 PM

—¡Tengo hambre! —Aquiliano busca una vendedor.

—¿Pero tienes dinero? —le pregunto. Me siento en el piso. Espero una respuesta. Aquiliano está descontento.

—Entonces, no tienes dinero. Qué fantástico. Tengo, como, cincuenta pesos.

Aquiliano tiene una **sonrisa**[29] en la cara.

—No. —le digo.

—Pero...

—¡No! —Le miro a él.

—Tengo unas empanadas pequeñas. Tengo agua, también. Debemos **ahorrar**[30] el dinero. Pues, es *mi* dinero.

Lentamente, le doy el agua. Él está contento.

—Pero —Aquiliano me dice—, necesitamos un lugar para dormir esta noche.

La noche es peligrosa. Las calles son peligrosas. Las personas son peligrosas.

—Creo que debemos andar a la Plaza. Esta noche, debemos ir. —Aquiliano piensa que estoy loca. No estoy loca. Quiero ir dónde necesitamos ir. Quiero ir ahora.

—Yenien, la Plaza está a dos millas de aquí. Te repito, «no». No quiero ir esta noche.

—Vale, voy yo. **Voy solo**[31]. —Empiezo a andar a la Plaza. Aquiliano me mira.

---

[29] smile
[30] to save
[31] I´m going alone

—¿Esperá, ¿adónde vas? ¡**Vale**[32]! Yo entiendo, yo también voy. ¡Esperame!

Capítulo Siete
Tercer día, 1:34 AM

Estoy cansada. Aquiliano está cansado. Necesitamos encontrar un lugar. Un lugar para dormir. No quiero dormir en una calle. No debemos andar por las calles durante la noche.

—Aquiliano, debemos encontrar **algún lugar**[33]. Busco un parque. Un parque debe de tener árboles y **bancos**[34]. Podemos descansar en un banco. **Ojalá que**[35] haya un parque cerca de aquí. Ojalá que el parque esté desocupado.

—¿Pues, adónde vamos? —Aquiliano pregunta. Mira a su alrededor. .

—Quiero encontrar un parque —digo—. Entonces, vámonos.

Por media hora, buscamos un parque. Finalmente, encontramos uno.

—Se llama la «Plaza Juan Domingo Perón.» ¡Qué fantástico, un banco! —Aquiliano corre al banco. Pone sus cosas encima del banco. No hay luz en el parque. No hay sonido. No hay nada. Hay unas plantas y una estatua.

Me siento en un banco. Descanso mis ojos. Descanso mi cuerpo. Estoy cansada.

—Observo el parque. Puedes dormir. Buenas noches, Yenien. —Aquiliano se sienta cerca de mí. Empieza a observar.

---

[33] somewhere
[34] benches
[35] hopefully

Durante la noche, algunas personas corren por el parque, pero estamos **ocultos**[36]. **No nos importan**[37]. En la distancia, muchas mujeres se juntan en la Plaza de Mayo. Ellas quieren respuestas. Nosotros queremos respuestas. Mañana, **tendremos**[38] nuestras respuestas. **Nos preguntaremos**[39], «¿Queremos de verdad las respuestas?»

---

[36] hidden
[37] they don't matter to us
[38] we will have
[39] we will ask ourselves

Capítulo Ocho
Cuarto día, 8:52 AM

Despierto al sonido del agua. Estoy confusa. No sabía qué estoy cerca del río. Hoy hace calor. El sol es radiante.

Veo a varias personas. Andan por las calles. Van al norte. ¿Espera, van al norte? Anoche, creo que anduvimos al **sudeste**[40]. ¿Debemos seguirlos?

Oigo a las personas. Dicen:

—Queremos a nuestros hijos. ¡**Cuéntennos**[41] dónde están! —¿Quién debe decirles? ¿El dictador? ¿Adónde van? ¿Al edificio gubernamental?

Aquiliano no está despierto. Aquiliano está durmiendo. Parece **incómodo**[42]. Ojalá que nadie robe nuestras cosas.

—Aquiliano, despierta. Rápidamente, necesitamos seguir este grupo de personas.

—¿Que? ¿Por que? —Él empieza a levantarse—. Estoy cansado.

Las personas empiezan a salir. Empiezan a andar por la próxima calle.

—¡Se levanta! ¡Dale! —Aquiliano sale y empieza a andar al grupo. Los sigo. Quiero saber adónde van. Ojalá que vayan a la Plaza de Mayo.

—¡Espera! Ya vengo. —Aquiliano corre hacia mí. Los seguimos.

---

[40] southeast
[41] tell us
[42] uncomfortable

Oigo a más personas en la distancia. Estoy nerviosa.

—¿Quién sabe **que pasará**[43]?

---

[43] what will happen

Capítulo Nueve
Cuarto día, 9:41 AM

Llegamos. Llegamos a la Plaza de Mayo. Hay muchas mujeres con **bufandas**[44] blancas. Oigo el mismo canto, «Queremos nuestros hijos. ¡Qué nos digan en dónde están!» Quiero saber, también.

Es una posibilidad que encontremos las respuestas sobre sus parientes. ¿Por qué los tomaron?

---

[44] scarfs

¿Fueron personas malas? Pero, si mi padre es simpático. Él ayuda cuando puede. Quiere **igualdad**[45] para todos.

—Perdóneme, señorita. —Una mujer anda entre Aquiliano y yo. —La manifestación empieza.

Por lo tanto[46], observamos. Mantenemos silencio.

Las mujeres, las Madres de la Plaza de Mayo, tienen fotos de los hijos. Hay catorce mujeres. Hay muchas otras personas.

No pasa nada . Esperamos. Las Madres quieren hablar al Presidente Videla.

Después de una hora, la policía viene.

—Aquiliano, debemos correr. La policía va a parar esta manifestación. —Empezamos a caminar hacia la siguiente calle para mirar desde una distancia segura. Un policía les dice a las mujeres:

—No encuentran a sus hijos aquí. ¡**Salgan de acá** [47]!— Las Madres no tienen miedo. Ellas continúan marchando.

Entonces, el policía le dice a una madre:

---

[45] equality
[46] therefore
[47] leave from here!

—Su hijo ha desaparecido para siempre. —Ella está muy triste. Estoy muy triste yo también. Aquiliano está muy triste. ¿Qué le pasa a mi padre, y el hermano de Aquiliano? **¿Han desaparecido**[48] para siempre, también? ¿Todos?

La policía **les echa**[49] de la plaza. Las Madres no quieren salir, pero no tienen otra opción.

—Creo que . . .debemos salir, también. Debemos volver a la casa de mi tía. Voy a encontrar la respuesta. Quiero ir a mi casa.

Aquiliano no sabe qué hacer. Le tomo de la mano. Empiezo a andar en la dirección de mi tía.

Tenemos **millas**[50] para pensar. Aquiliano está tranquilo. Estoy tranquilo. No quiero hablar. No quiero hacer nada. No me importa nada. Quiero volver a mi casa. Quiero a mi padre.

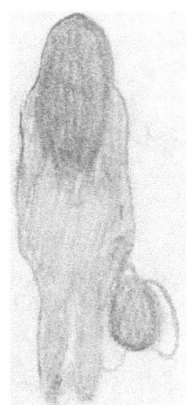

---

[48] are they gone
[49] he throws them out
[50] miles

Capítulo Diez

Cuarto día, 7:10 PM

Andamos lentamente. Llegamos a la casa de mi tía. Llegamos sin dinero, pero con unas respuestas. Esperamos al lado de la puerta. No hago ningún sonido.

—Espera, —Aquiliano me dice— no sé que hacer o adónde ir. Vivo con mi hermano...Solo mi hermano.

—Pues, mi tía te puede cuidar. Ella puede cuidarte hasta que tú quieras salir. Te encontramos un hogar. Sé que mi tía te va a ayudar.

Nosotros **sobreviviremos**[51].

—Gracias, Yenien. Gracias por viajar conmigo. Gracias.

---

[51] we will survive

Epílogo

Diciembre, 1992

Finalmente, descubrí la verdad sobre mi padre y el destino de los otros. El veintidós de diciembre, los Archivos del Terror **se han encontrado**[52]. Los archivos tienen la información sobre todos. Ahora, el mundo sabe de los crímenes de los dictadores. Todas las personas **han desaparecido.**[53] Las personas fueron de Argentina, Chile, Bolivia, Brasil, Paraguay, y Uruguay. Los dictadores quieren poder completo. Para lograr esta

---

[52] were found
[53] had disappeared

meta, ellos matan a 80,000 personas. Y ponen a otras 400,000 personas en la prisión. Todas las víctimas fueron opositores políticos. Muchas de las víctimas tuvieron otra opinión que el líder.

Después de que los papeles se encontraron, unos pocos de los dictadores **se pusieron en sus lugares**[54].

Muchas personas nunca recibieron una conclusión.

Ahora, los derechos de la gente **están protegidos**[55].

Un evento como el Operación Cóndor no volverá a pasar en el futuro.

---

[54] were put in their place
[55] are protected

Glosario

A

abrió	she opened
acá	here
acerca	he walks
acogió	she welcomed
acuerdo	agreement
adónde	to where
agua	water
agusto	August
ahora	now
ahorrar	to save
alguien	someone
algún	any, some
alguna	any, some
alrededor	around
alumbra	it lights up
amarillo	yellow
amigo	friend
anda	he/she walks
andamos	we walk
andan	they walk
andar	to walk
anduvimos	we walked
año	year
anoche	last night
antes	opening
aquí	here
árbol	tree
archivos	archives
arreglo	I ready myself
asustado	frightened
aventura	adventure
ayer	yesterday
ayuda	he helps
ayudar	to help
azul	blue

B

banco	bank
blanco	white
bonito	pretty
bueno	good
bufanda	scarf
busca	he looks for
buscamos	we look for
busco	I look

C

calle	street
calor	hot
caminar	to walk
cansado	tired
canto	song
capítulo	chapter
cara	face
casa	house
catorce	fourteen
causa	cause
centro	center
cerca	near
che	hey
chico	boy
cincuenta	fifteen
ciudad	city
cocina	kitchen
color	color
comida	food
como	I eat, like
cómo	how
completo	complete
conclusión	conclusion
confusa	confused
conmigo	with me
conozco	I know
contento	happy
continúan	they continue
controlar	to control
corre	he runs
corremos	we run
corren	they run
correr	to run
corro	I run

cosa	thing	durante	during
creo	I think	durmiendo	sleeping
crímenes	criminals		
cuando	when		E
cuarto	fourth, room	echa	throws
cuéntennos	tell us	edificio	building
cuerpo	body	emoción	emotion
cuidar	to care for	emocionado	excited
		empanada	empanada
	D	empezado	begun
dale	hurry	empezamos	we start
de pronto	suddenly	empezar	To start
debe	it should	empieza	he/it starts/begins
debemos	we should	empiezan	they start
deciden	they decide	empiezo	I start
decirles	tell them	encima de	on top of
dejar	to leave	encontrado	found
derechos	rights	encontramos	we find
desaparecido	disappeared	encontrar	to find
desapareció	had disappeared	encontraron	they found
descansar	to rest	encontremos	we will find
descanso	I rest	encuentran	you all find
descontento	discontent	encuentro	I find
descubrí	I discovered	entiendo	I understand
desde	from	entonces	then
desocupado	unoccupied	entre	between
despierto	I wake	epílogo	epilogue
después	after	es	he/it/she is
destino	destiny	escucha	he listens
día	day	escuché	listen
dice	he/she says/tells	ese	that
dicen	they say	espera	he/she waits
diciembre	December	esperá	wait
dictador	dictator	esperamos	we wait
digan	they tell	esperar	to wait
digo	he/she said	espero	I wait
dinero	money	esta	this
dirección	direction	está	is
distancia	distance	estamos	we are
dobla	he turns	están	they are
domingo	Sunday	estatua	statue
dónde	where	este	this, East
dormir	to sleep	esté	is
doy	I give	estoy	I am

evento	event
exactamente	exactly

F

fantástico	fantastic
finalmente	finally
firma	signature
foto	photograph
frente a	in front of
fue	he was
fuera	outside
fueron	they were
futuro	future

G

gente	people
gracias	thank you
grande	large
gris	gray
grupo	group
gubernamental	governmental

H

ha	has
habla	he talks
hablar	to talk
hace	ago, it is
hacer	to do
hacia	toward
hago	I make
hambre	hungry
han	they have
hasta	until
hay	there are/is
haya	there is
hermano	brother
hijo	son
historia	story
hogar	home
hola	hello
hombre	man
hora	hour
hoy	today
mano	hand

I

igualdad	equality
importa	it matters
importan	they're important
importante	important
incómodo	uncomfortable
información	information
inocente	innocent
introducción	introduction
ir	to go

J

juntan	they get together

L

lado	side
le	her/him/it
lejos	far
lentamente	slowly
les	them
letrero	sign
levanta	wake up
levantarse	to wake up
líder	leader
llama	call
llamar	to call
llamo	I am called
llegamos	we arrive
llegar	to arrive
llena	it is full
lleno	I fill
lo	it
lo siento	I'm sorry
loca	crazy
lograr	to achieve
lugar	place
luz	light

M

madre	mother
malo	bad
mañana	morning, tomorrow
manera	way
manifestacíon	protest

mantenemos	we keep	**O**	
mar	sea	obedezcan	obey
marchando	marching	observamos	we observe
más	more	observar	to observe
matado	killed	observo	I observe
matan	they kill	ocasionalmente	occasionally
mayo	May	oculto	shadow
media	half	oigo	I hear
mediodía	middle of the day	ojalá	God willing
mesa	table	ojos	eyes
meta	goal	opción	option
miedo	fear	operación	operation
mientras	while	opinión	opinion
millas	miles	opositores	opposing
mío	mine	otro	other
mira	he looks	oye	hey!
miran	they look		
mirar	to look	**P**	
miro	I look	padre	father
mismo	same	país	country
mochila	backpack	papá	dad
mucho	much	papel	paper
mujer	woman	para	for, in order to
mundo	world	pará	stop!
muy	very	parar	to stop
		parece	he/it seems
N		parecen	they seem
nada	nothing	parientes	relatives
nadie	no one	parque	park
necesitamos	we need	parte	part
necesito	I need	pasa	happening/passes
nervioso	nervous	pasada	past
ningún	none	pasamos	we pass
noche	night	pasan	they pass
nombre	name	pasará	will happen
normal	normal	paso	step/pass
norte	North	pasó	happened
nos	us	peligroso	dangerous
nosotros	we	pensar	to think
nuestro	our	pequeño	small
nueve	new	perder	to lose
nunca	never	perdóname	pardon me
		permitir	to allow
		pero	but

persona	person
peso	peso
piensa	he thinks
piensen	they think
piso	floor
planta	plant
plaza	plaza
pluma	pen
poco	a little
podemos	we can
poder	to be able to
podrían	would be
policía	police force
políticos	politics
pone	he put
ponen	they put
por	for, through
por favor, porfa	please
por supuesto	of course
por lo tanto	therefore
por que	why
porque	because
posibilidad	possibly
pregunta	he asks
preguntamos	we ask
preguntar	to ask
preguntaremos	we will ask
pregunto	I ask
preparar	to prepare
presidente	president
primer	first
prisión	prison
protegidos	protected
próximo	last
pueblo	house
puedan	they can
puede	can
puedes	you can
puedo	I can
puerta	door
pues	well
pusieron	they were put

Q

que	than, that
qué	what
queremos	we want
quién	who
quieras	you want
quiere	wants
quieren	they want
quiero	I want

R

radiante	bright
rápidamente	quickly
rastro	trace
razona	reasons
recibieron	they received
recientemente	recently
recordar	to remember
remordimiento	remorse
repito	I repeat
respuesta	answers
río	river
robe	steals

S

sabe	knows
saber	to know
sabes	you know
sabía	I knew
sale	he leaves
salgan	they leave
salgo	I leave
salió	he left
salir	to leave
se	he/she
sé	I know
secuestra	kidnaps
seguimos	we follow
seguir	to follow
segundo	second
segura	safe
semana	week
señor/ita	sir/miss
ser	to be

si	if	trabaja	works
siempre	always	trabajo	job
sienta	sits	tranquilo	calm
sienten	they sit	triste	sad
sigo	sigo	tuvieron	they had
siguiente	siguiente		
silencio	silencio		U
silla	silla	uniforme	uniform
simpático	simpático		
sin	sin		V
sobre	sobre	va	go
sobreviviremos	sobreviviremos	vacías	vacant
sol	sol	vale	okay
soldado	soldado	vámonos	let us go
solo	solo	vamos	we go
somos	somos	van	they go
son	son	varias	several
sonido	sonido	vas	you go
sonrisa	sonrisa	vayan	they are going
soy	soy	veintidós	twenty second
sudeste	sudeste	vemos	we see
		ven	they come
	T	vendedor	vendor
también	also	vengo	I come
te	you	ventana	widow
tendremos	we will have	veo	I see
tenemos	we have	ver	to see
tener	to have	verdad	truth
tengo	I have	vez	time
tercer	third	ví	I saw
termine	I finished	viajar	to travel
terror	terror	víctimas	victims
tía	aunt	vida	life
tiempo	time	vienen	they come
tienda	store	visito	I visit
tiene	he has	vive	she lives
tienen	they have	vivimos	we live
tienes	you have	vivo	I live
tocar	to take	volver	to return
todo	all	volvió	he returned
toma	he takes	voy	I go
tomadas	taken	vuelvan	return
tomaron	they took	vuelve	he returns
tomo	I took	vuelven	they return

vuelvo   I return

         Y

ya   already

About the Author

Tess Matteucci, born in 2001, is a junior in high school in Washington. This book was a project for the Spanish 4 class she's currently attending, so it's not even in Tess' native language! A few of her interests include tennis, mathematics, and caring for her plants and her cats. Tess also enjoys scrolling the internet or playing online games with her cousin.

Tess is hoping to pursue a STEM career, such as engineering, and possibly join the Air Force, but we'll see how that pans out!

www.ingramcontent.com/pod-product-compliance
Lightning Source LLC
Chambersburg PA
CBHW071225130626
46555CB00004B/1853